繪本0164

早起的一天

文・圖｜賴馬

責任編輯｜黃雅妮

美術設計｜賴馬、賴曉妍

封面・內頁手寫字｜賴咸穎、賴俞蜜

行銷企劃｜高嘉吟

天下雜誌群創辦人｜殷允芃　董事長兼執行長｜何琦瑜

媒體暨產品事業群

總經理｜游玉雪　副總經理｜林彥傑　總編輯｜林欣靜

行銷總監｜林育菁　副總監｜蔡忠琦　版權主任｜何晨瑋、黃微真

出版者｜親子天下股份有限公司

地址｜台北市104建國北路一段96號4樓

電話｜（02）2509-2800　傳真｜（02）2509-2462

網址｜www.parenting.com.tw

讀者服務專線｜（02）2662-0332　週一～週五：09:00~17:30

讀者服務傳真｜（02）2662-6048　客服信箱｜parenting@cw.com.tw

法律顧問｜台英國際商務法律事務所・羅明通律師

製版印刷｜中原造像股份有限公司

總經銷｜大和圖書有限公司　電話：（02）8990-2588

出版日期｜2016年1月第一版第一次印行

2024年7月第一版第二十三次印行

定　　價｜360元

書　　號｜BKKP0164P

ISBN｜978-986-92614-7-0（精裝）

訂購服務

親子天下Shopping｜shopping.parenting.com.tw

海外・大量訂購｜parenting@cw.com.tw

書香花園｜台北市建國北路二段6巷11號　電話（02）2506-1635

劃撥帳號｜50331356 親子天下股份有限公司

立即購買 >

早起的一天

文圖·賴馬

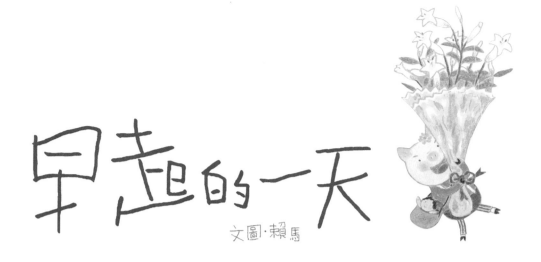

今天早上，天都還沒亮呢！

我ㄨㄛˇ就ㄐㄧㄡˋ已ㄧˇ經ㄐㄧㄥ起ㄑㄧˇ床ㄔㄨㄤˊ了ㄌㄜ。

哈——

哥哥還在睡覺。

爸ㄅㄚˋ爸ㄅㄚ˙還ㄏㄞˊ在ㄗㄞˋ睡ㄕㄨㄟˋ覺ㄐㄧㄠˋ，　媽ㄇㄚ媽ㄇㄚ˙也ㄧㄝˇ還ㄏㄞˊ在ㄗㄞˋ睡ㄕㄨㄟˋ覺ㄐㄧㄠˋ。

我走到奶奶的房間，奶奶已經起床了。

我今天起了個大早，
就是為了幫奶奶的忙。

我帶著我最心愛的小布娃娃，
和奶奶一起推著菜籃車出發了。

「鱷魚叔叔早！」
「哦，小珍珠，
你早啊！」

噗~

送牛奶
一箱！

原來，這麼早就有人在工作了。

爺爺！

1 · 2 · 1 · 2~

公園裡好多人在做運動。
隔壁鄰居黃牛先生正準備要游泳呢！

先熱身。

驢子阿吉一直睡在公園的椅子上嗎？
「啊！爺爺在那裡練氣功呢！」

「咦，這不是小珍珠嗎？
你這麼早要去哪裡啊？」

「早安，叔叔。
我今天要幫奶奶的忙。」

公車司機是我的叔叔，
原來他也起得這麼早。

不久，太陽出來了。
蝴蝶起來了，小鳥也起來了，
小狗、小貓和烏龜還在睡覺。

我們到囉！

玩具便宜賣！

我ㄨㄛˇ和ㄏㄜˊ奶ㄋㄞˇ奶ㄋㄞˇ來ㄌㄞˊ到ㄉㄠˋ市ㄕˋ場ㄔㄤˇ，
市ㄕˋ場ㄔㄤˇ真ㄓㄣ熱ㄖㄜˋ鬧ㄋㄠˋ，蔬ㄕㄨ菜ㄘㄞˋ、水ㄕㄨㄟˇ果ㄍㄨㄛˇ、玩ㄨㄢˊ具ㄐㄩˋ、蔥ㄘㄨㄥ油ㄧㄡˊ餅ㄅㄧㄥˇ……
「哇ㄨㄚˇ！有ㄧㄡˇ我ㄨㄛˇ最ㄗㄨㄟˋ愛ㄞˋ吃ㄔ的ㄉㄜ巧ㄑㄧㄠˇ克ㄎㄜˋ力ㄌㄧˋ麵ㄇㄧㄢˋ包ㄅㄠ！」

接著還要買花。
花店裡的花，又香又漂亮！

奶奶說：「晚上記得來唷！」
原來，這是姑姑開的花店啊！

東西都買齊了，我們坐公車回家。
這次，沒有遇到叔叔。

爸爸起床了，
在浴室裡面打領帶，
只有哥哥還在賴床！

攪——
攪——

我今天好忙好忙，

亮晶晶！

水來了。

和奶奶一起做了好多事，
還畫了一張卡片呢！

再畫一台
車子……

呼！呼！

你們都來了啊

傍ㄅㄤ晚ㄨㄢˇ，爸ㄅㄚˋ爸ㄅㄚ回ㄏㄨㄟˊ來ㄌㄞˊ了ㄌㄜ˙，叔ㄕㄨˊ叔ㄕㄨ也ㄧㄝˇ來ㄌㄞˊ了ㄌㄜ˙。

姑姑好。

叮咚！ 姑姑也來了，還有表哥、 表妹， 大家都來了。

我和奶奶準備了好多好吃的東西。

因為，今天是一個特別的日子。

爺爺，
生日快樂！

我今天好早好早
就起床了。

所以ㄙㄨㄛˇ以ㄧˇ， 我ㄨㄛˇ現ㄒㄧㄢˋ在ㄗㄞˋ好ㄏㄠˇ睏ㄎㄨㄣˋ好ㄏㄠˇ睏ㄎㄨㄣˋ……

賴馬創作二十週年（之人格分裂／之自言自語）

我生於1968年，根據當時婦產科醫生和護士的說法，出生時有異象。

嘴含金畫筆、手握金色顏料。

（怎麼不是金湯匙和金飯碗咧？）（新一代的偉大畫家誕生了！）

繪畫是我的職業（其實畫得很慢，大部份時間都畫不出來，跑去看電視或睡覺），

最擅長文圖創作。

（其實常常想破了頭卻一無所成。）（創作是一種自虐的工作嗎？）

1996年，出版了第一本圖畫書《我變成一隻噴火龍了！》（好好看！）

當時二十八歲（好年輕啊！）

轉眼間，已經過了二十個年頭。（怎麼現在看起來還是好年輕！）

二十年間，我做了十二本圖畫書。

（是多還是少？據太太的說法：作者書太少是撐不起一個紀念館的！）

（呸呸，是繪本館好嗎?!）（2014年夏天，我在台東開了一間繪本館。）

以前，一個人獨立創作。

畫圖畫書給自己內心的小孩看、也給小時候的自己看。（孤獨又孤癖。）

結婚後有了小孩（真是沒想到會結婚生子呀！據太太的說法：因為你有幸遇到了我。）

（再根據五歲女兒小滴的說法：是把拔嫁給馬麻的。）

（我最愛我太太了！太座開心、全家快樂！）

我的身分成了「全職爸爸、兼職作家」（以前太閒，現在太忙。）（是報應？還是平衡一下人生？）

養育三個孩子的過程，讓我對「小孩」這種特殊生物有了深刻的認識，

（像天使，也像惡魔，更像外星人。）（每天都在戰鬥中！）

更體驗到為人父母總是誠意十足，卻又無可奈何的心情。

（世間辛苦的家長們，同是天涯淪落人，我了解的，拍肩。）

和孩子們相處時的每一份感動、每一個教養問題，乃至於每一場衝突，都是我創作的靈感來源。

（真是無時無刻都在想著圖畫書創作！）（太偉大了！）（可歌可泣！）

（目前作品裡《禮物》、《愛哭公主》、《生氣王子》和醞釀中的下一本書靈感都來自我家小孩。

我想，在他們長大成人之前應該都會是這樣吧！）

二十年來，很感謝許多人喜歡我的作品。

（喜歡就要去買喔！不要考慮太多，網路也很方便！）（要這麼直白嗎？）

謝謝我美麗又辛苦的太太、我親愛的孩子們和我的親朋好友。（小孩出現問題→馬麻發現問題→一起想辦法解決問題→
再一起做成圖畫書。）（最近幾年的作品幾乎都算是家庭共同創作了。）（家族企業儼然形成。）

希望在未來的十年、二十年，每年都有好看又有趣的作品產生。

（夢想中的量產要啟動了嗎?!）（是說還能畫這麼久嗎？）

總而言之，謝謝支持！讓我們一起為孩子創造更美好的童年。

（支持賴馬就是支持圖畫書！）（咦？是競選口號嗎？）

（喜歡就要去買喔！）（這個很重要，所以講兩次！）

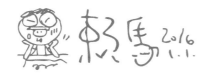

爺爺，送給你的卡片！

• https://www.facebook.com/laima0619 賴馬繪本館粉絲專頁
• https://www.facebook.com/laima0505 賴馬臉書
• 去App聽賴馬故事有聲書

我的親人：

曾祖考
（爸爸的爺爺）

曾祖妣
（爸爸的奶奶）

爺爺
（爸爸的爸爸）

奶奶
（爸爸的媽媽）

姑丈
（姑姑的丈夫）

姑姑
（爸爸的姊妹）

嬸嬸
（叔叔的太太）

叔叔
（爸爸的弟弟）

伯伯
（爸爸的哥哥）

伯母
（伯伯的太太）

爸爸

表哥、表弟
表姊、表妹
（姑姑的兒女）

我

哥哥

堂哥、堂弟、堂姊、堂妹（伯伯或叔叔的兒女）

弟弟或妹妹

外ㄨㄞˋ曾ㄗㄥ祖ㄗㄨˇ父ㄈㄨˋ
（媽媽的爺爺）

外ㄨㄞˋ曾ㄗㄥ祖ㄗㄨˇ母ㄇㄨˇ
（媽媽的奶奶）

外ㄨㄞˋ公ㄍㄨㄥ
（媽媽的爸爸）

外ㄨㄞˋ婆ㄆㄛˊ
（媽媽的媽媽）

媽ㄇㄚ媽ㄇㄚ

舅ㄐㄧㄡˋ舅ㄐㄧㄡˋ
（媽媽的兄弟）

舅ㄐㄧㄡˋ媽ㄇㄚ
（舅舅的太太）

姨ㄧˊ丈ㄓㄤˋ
（阿姨的丈夫）

阿ㄚ姨ㄧˊ
（媽媽的姊妹）

表ㄅㄧㄠˇ哥ㄍㄜ、 表ㄅㄧㄠˇ弟ㄉㄧˋ、 表ㄅㄧㄠˇ姊ㄐㄧㄝˇ、 表ㄅㄧㄠˇ妹ㄇㄟˋ（舅舅或阿姨的兒女）

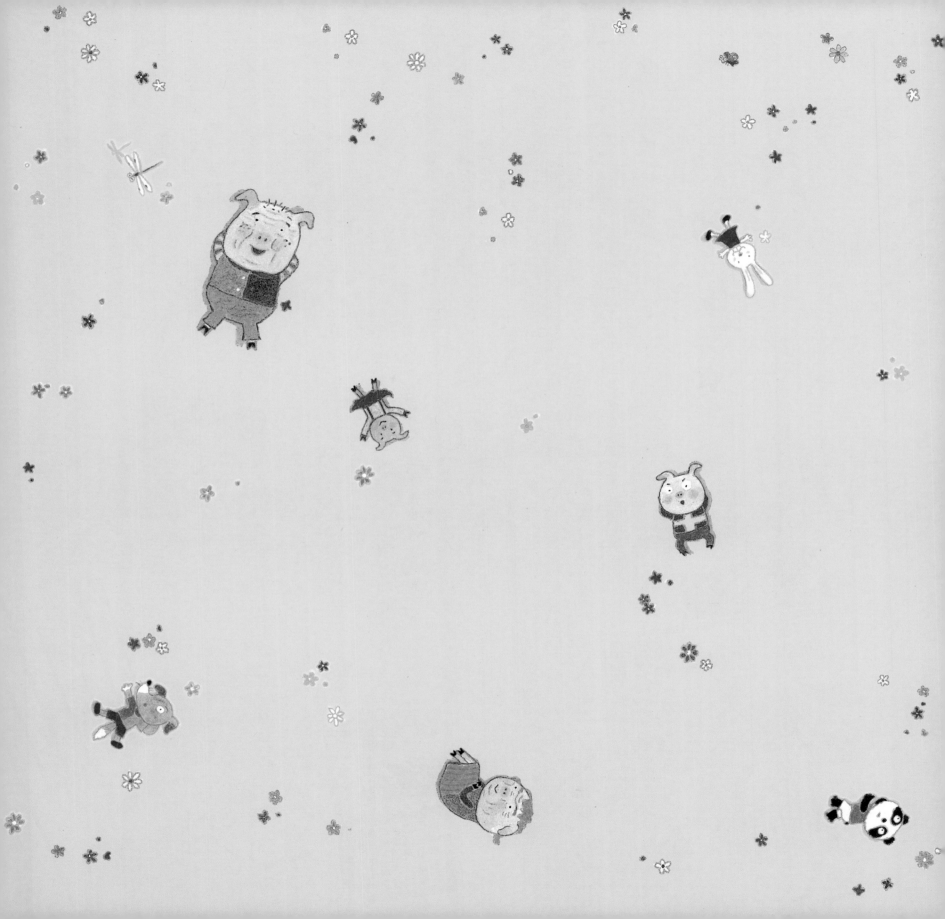